天山 詩選 124

李 姓 敎 米壽 기념 시집

迎日灣을 바라보며

한기10956
한웅기5917
단기4352
공기2570
불기2563
서기2019
도서 출판 天山

迎日灣을 바라보며

李 姓 敎 米壽 기념 시집

上元甲子
8937
+2019
————
10956
5917
4352
2570
2563
2019

도서 출판 天山

질적으로 좋은 시를 얼마큼 쓰느냐가 문제
—— 米壽 기념 시집 '迎日灣을 바라보며'를 내며

시는 인생 생활의 표현이라는 전제아래 감동의 세계를 꽃피우는 것인데, 그것이 쉽게 이루어지지않는다.

나도 돌아보면 시에 큰희망을 갖고 써온 지 60여 년 되었다. 더 소상히 말하자면 1956년 '現代文學'에서 미당 서정주 선생 추천으로 9월호 '윤회', 12월호 '혼사', 다음해 동지 2월호에서 '노을'이 3회 추천 완료됨으로 文林에 登林(데뷔)하였다. 그때 내 나이 20대 초반 대학 3학년 때였으니, 남들에 비하면 일찍 나왔다고 할까.

나는 그덕분으로 대학을 졸업하고, 일찍 서울시내 명문 여자 중학교에 취직하게 되었다. 나는 그동안 교직에 임하면서 교육과 함께 시쓰는 것이 내 인생의 즐거움으로만 알고 살아왔던 것이다.

여기까지 오면서 세상의 많은 변화를 보고 거기에서 살았다. 특히 시의 흐름도 세상의 변화와 함께 다양했다.

오늘 이시점에서 내 시의 참모습이 어떠한가를 생각하게 되었다. 궁극적으로 시를 많이 쓰는 것이 문제가 아니라 질적으로 좋은 시를 얼마큼 쓰느냐가 문제가 됨을 절실히 느끼게 되었다.

그런 시점에서 이번에 내는 시집 '迎日灣을 바라보며'는 나한테 큰숙제이기도 하다. 얼마만큼 독자들한테서 사랑받느냐가 문제이기도 하다.

끝으로 이시집이 나오기까지 물심 양면으로 도와주신 여러분들께 감사를 드린다.

특히 뒤에서 기도해주신 아내와 자녀들 그리고 도서 출판 天山 및 '自由文學'사 대표 申世薰 회장의 배려가 컸음을 밝힌다. 다시 한 번 고맙다는 인사를 드린다.

2019년 2월 초하루 도봉을 바라보며.

月 川 李 姓 敎

차 례 ——————————————

李 姓 敎 米壽 기념 시집
迎日灣을 바라보며

6

李 姓 敎 米壽 기념 시집
迎日灣을 바라보며

차 례 ─────────

李 姓 敎 米壽 기념 시집
迎日灣을 바라보며

10

제1부 ——————————— 돌아가는 길위에 아침해 돋을 때

꿈의 숲

사람사는 곳
아무 데도 다 있지만
잠시 쉬었다 가는 곳 다 있지만

나는 아무래도 흙에서 난 사람
햇빛 잘 내리는
바람 잘 통하는
숲속이 더 좋더라

내 고향 동해 바닷가
솔숲도 많지만
산속 은밀한 곳
마음묻는 곳 더 좋더라

하늘의 말씀이
소롯이 내려와
집을 짓는 곳
꿈의 숲이 더 좋더라

東明港*

하도 사연이 많아
등대는 잠잘 날이 없었다

그저 눈만 깜박이며
무엇을 전했다

파랗게 이는 파도에
함경도 사람들의 눈물이 묻어있다

한밤중이면
'鍊琴亭'*에서 울리는 소리
바다를 잠잠케 했다

조금만 더 기다려라
조금만 더 기다려라

높은 언덕위에 자리잡은 아바이마을
환한 아침해를 맞고
희망에 차있다

날마다 귀한 음식으로
그날이 올 때까지

장날을 이루고있다

*東明港 : 속초에 있는 본 항구.
*'鍊琴亭' : 동명항 끝쪽에 있는 정자. 옛날 배들이 바다에 나가면 한밤중 거문고소리가
　울렸다고 전해온다.

迎日灣*을 바라보며

날마다
바라뵈는 영일만

세월이 지난 후
얼마나 그리웠길래
영일 반도 배를 쑥
내밀고있는가

날좋은 날 긴몸뚱아리
하얗게 웃으며 손짓한다

지난 날 6·25때 피난살이
쓰린 이야기가
바다속에서 떠오른다

그때에 九龍浦*의 속알맹이가
다 펼쳐져
물고기들이
시퍼렇게 뛰놀고있다

눈을 뜨면
눈을 더 크게 뜨면

길게 돌아간 그해안에
파도가 하얗게 인다

날마다
그리움을 안겨주는 영일만
오늘도 길게 가슴에 와안긴다

*迎日灣:경북 동해안 영일 반도에 안긴 灣. 내가 살고있는 삼척 높은 지대에서 바라보
면 남쪽바다 멀리 영일 반도가 바다쪽으로 쭉 내밀어 가슴을 시원케 한다.
*九龍浦:경상 북도 영일군 장기 반도에 있는 동남 해안의 중요한 어항.

산의 얼굴

임의 얼굴
산에 환히 피어있다

온갖 언어들이
제각기 색깔을 하고
다시 살아나고있다

산의 얼굴이
온4방에 흩어져있다

이걸 보면
새가 날아간 하늘끝까지
살아야겠다
발뒤꿈치를 들고서라도…

다람쥐 한 마리
큰바위틈을 오르내리며
산의 마음을 전하고있다
끝없이 인내하며 가라고…

아침해 돋을 때

아침해 돋을 때
쏟아지는 말

그말이 바다에 떨어져
다시 생명의 꽃으로
하얗게 핀다

이제쯤 누가 와
바다의 귀를 열어도 좋으랴

어느새 갈매기들이
뭍으로 날아와
파도에 쏟아지는 말을
고르고있다

태봉골* 경사

태봉골
고운 꿈 간직하라고
물도 조용히 흘렀다

고운 임 오실 때는
무지개가 서천에 서렸을 뿐
개도 잘 짖지않았다

먼산에는
빨간무지개가 뻗쳐있었다

이마을 모두 한마음으로 키운
고운 아씨!
이름 대신 '강아지'*라 불렀다

그날 눈물로 시집간 후
바람에도 소식이 없었다

세월이 지나
어린 조무래기들 데리고
골짜기로 성묘왔을 때는
천도화가 활짝 피었다   <

다시 태봉골이 살아난다는
큰징조였다

집집마다 과실이 푸짐하게 익어
귀한 사람 맞아 큰정을 나누었다

*태봉골 : 지금은 경북 울진군 소재지만, 옛날엔 강원도에 속해 있었다.
*강아지 : 명이 길라는 뜻에서 어릴 때 어머니께 부쳐진 아명.

세월속 돌멩이

적막 강산이다

세월속 돌멩이
얼굴이 하얗다

사뭇 긴골짜기를 내려오더니만
꿈을 다시 가꾸고있다

물이 흘러간 자리가
그렇게 허허로운가
아무 이야기도 없다

펑퍼짐한 세상에서
다시 사는 돌멩이
언제 다시 날아갈 것인가

파란바다의 꿈을 생각하고
그대로 허허로이 웃고있다

돌아가는 길위에

살다보면
얼굴도 많이 변한다

누가 각박하게
물흐름을 탓하랴

그저 바삐 돌아가는 것
그속에서도 해와 달이 떴다

우연히 만난 얼굴

돌아가는 그길위에
눈물의 꽃이 핀다

겨울나무

겉으로는 날루하지만
속은 뜨겁다

제각기의 꿈은 다 있었다
이름도 있었다
그동안 살아온 忍苦
속에 꽃이 피고있었다

오직 하늘을 향해
받드는 마음
겨울이라도 춥지않았다
다시 살아날 생각에 차있다

여름 한 때

우리 아버지
우리 어머니
한참 살림일굴 때
땡볕이 마당에 가득 내렸다
울타릿가 뽕나무에
매미도 지악스레 울었다

여름방학 때면
어김없이 갈령재를 넘어오던
울릉도 형님

그럴 때 앞산봉우리에
흰구름이 번졌다

그럴 때면
외할머니 방에도
볕이 많이 들었다

소년은 솔밭가에 나와
한없이 바다를 보고
속을 키웠다

제2부 ─────────────── 고향 그리운 사람들

갈 령 재

경상도 · 강원도의 경계가 되면서
더욱 얼굴이 커지고
붉어졌다

그아래 고포마을은
실개천 하나로
남과 북이 갈라졌다

항상 높은 산에는
흰구름이 떠있고
그아래 전봇대에선
새소식이 오고갔다

높은 산마루에서 바라보는
시원한 바다
늘 배가 떠있어
평화를 지키고있었다

고포 · 나실 · 월천— 길게 손잡고
모두 한 고향임을 자랑하고있다

대곡 목재*

냇물건너
솔밭을 끼고오르는 길
아지랑이가 늘 앞에서
아롱거렸다

순사묘에 오르면
옛날의 위엄이 높아
바람이 일었다

길가에는
늘 전봇대가 울었다

숨 헐떡여 높은 재에 오르면
눈앞에 넓은 바다가
훤히 가슴을 열어주었다

*대곡 목재 : 삼척 원덕읍 소재로 월천에서 호산으로 넘어가는 재.

理川 사람들·1

理川 사람들
산속에 싸여서
말없이 살았다

흐르는 물을 보고
가슴을 후련히 씻어내었다

장날 새벽같이
물따라 내려올 때도
덤덤히 입을 다물었다

理川 사람들
참 속이 넓었다

억울한 일이 있을 때
떨어지는 폭포
龍湫에 와서
물처럼 풀어달라고 빌었다

理川 사람들·2

理川 사람들 몇며칠부터
자다가도 꿈에
늘 귀한 것을 꿈꾸었다

골이 깊어서
늘 말이 적었고
속이 어뭉했다

그러다가
장날이면 골짜기따라 내려와
속에 있는 것 다 털어놓고
산골 인심을 베풀었다

그리고 해 다져서
얼큰한 얼굴로
뒤에 바람을 달고
올라갔다

숫터* 옛집

눈을 삼삼히 뜨고있으면
숫터 옛집이 다가선다
온산골이 밝은 햇빛으로
부풀어있다

산밑의 큰기와집
팔대장승키 高大監이
툇마루에 앉아 눈을 부릅뜨고
큰기침을 하고있다

시원한 바람이 불고
따뜻한 볕이 감도는 잿구비
이따금 까치가 울었다
기쁜 소식을 가지고와 울었다

산밑에는 시퍼런 물이
영원처럼 흘렀다

　　　　*숫터 : 삼척 원덕 이천리 본동에서 북쪽으로 더 올라가는 높은언덕 고개이름.

상상의 구름속에서

상상의 구름속에서
무엇이 자꾸 피어났다

큰골짜기에서
마음대로 살았다

늦여름 채마밭에 피어있는
해바라기도
마음대로 돌리기도 했다

자유로운 세상
큰골짜기에서
좋은 것은 다 보았다

높은 나무에
까치들이 날아와
좋은 소식 전해주었다

온세상에
생명의 씨앗이 뿌려져
행복의 꽃을 크게 피우고있었다

눈물의 밧줄

하늘에서 내려오는 사랑
그리 빛날까

산에서 다 풀어지게
낭떠러지에 줄을 매었다

가파른 마음에
걸린 밧줄
허공중에 오래오래
걸려있길 바랬다

얼마나 사랑스러웠으면 그리했을까
얼마나 애처로웠으면 그리했을까

험한 산길엔
한 마리 산새도 울지않고
눈발이 풀풀 날리고있다

가고오는 사람
눈물의 밧줄을 생각했다

옛편지를 보며

흐린 날 하늘속에
옛길이 보인다
그위에 눈발이 날린다

삽살개가 꼬리를 치며
다가온다

땅속에 묻혔던 말이
모두 불을 켜고 일어선다

먼나라 산고개에서
복빌어준 말

한겨울에도
노오란꽃이 피어
화사한 웃음을 웃어주고있다

다정한 이름
눈이 반짝이는 사람들
그이름따라
옛길이 쭉 열리고있다

고향 그리운 사람들
—— '三愚會'* 모임에서

고향 그리워
나비처럼 훨훨 날아와 모였다

날씨가 흐려도
마음을 가벼이하여
이름좋은 '고향집'에
다 모였다

다시 모이는 어리석음
모두 다 돈 못버는 글쟁이로 모이는 어리석음

술 한 잔 들어갈 때
부르는 고향노래
말끝마다 쏟아지는 고향사투리

감은 눈에 구름을 타고
온갖 그림이 펼쳐진다

'죽서루'를 끼고도는
꿈같은 五十川
정라진 바닷가 유지 공장의 높은 굴뚝이
눈에 어려왔다

모두들 그영상속에 묻혀
고향노래를 부르고싶었다

*'三愚會' : 재경 삼척 출신들 모임이름. 세 가지 어리석음으로 모였다는 뜻인데, 회원 김
정남 의원이 작명했다.

은행나무마을의 잔치
——河回에서

이가을에 누가 강을 건너는가
사뭇 큰하늘이 드리운 포롯한 물에
웃음이 번진다
감격이 넘친다

눈을 주던 부용대는
자꾸만 부풀어오르는데
꿩이 먼데서 푸드득 날고있는데
어디서 자꾸 꽹과리소리 들린다

이가을의 감격이
물밑에 크게 번져있다
큰환희를 가져올
연어가 또 오를 것인가

쾌지나 칭칭나네
쾌지나 칭칭나네
누구의 노랫가락이 자꾸 들리네
땅밑에서 하늘에서…

아무 부를 사람도 없는데
자꾸만 자꾸만 오라고한다

단풍잎도 흔들어주고있다

이가을에 노오란 은행나무마을이
붉게 물들어있다
낯선 사람들이 꾸역꾸역 마구 몰려오고있다

이가을에 비치는
얼굴얼굴들…
모두 다 한말씀 할 것같다

우리 모두 이가을의 주인에게
인사를 드리자
나무위에 매달려있는 모과에게도
산비탈 외로이 서있는 허수아비에게도

제3부 ——————————————————— **강릉 연가** 月川里

강릉 연가 · 1

항상 푸름이 깃들고
높은 산과 바다가
어른거렸다

강릉가는 길에
그리운 꽃들이 피고
산모롱이마다 산새가 울었다

강릉이란 말만 들어도
나래가 돋고
입맛이 달랐다

산밑 집들에는
연기가 풀속풀속 솟고
울타릿가에는
열매가 소롯이 익었다

속에 고인 말
구수한 사투리가
어둠을 뚫고나갔다

강릉 연가 · 2

강릉 이야기
해도 해도 끝이 없다
입안의 묘한 움직임으로
향기를 피운다

'아이 어엾소, 언제 그리 베를 짜았소?'
'영세 옥식기 그리 마시와아.'
'아재요, 감이 누렇게 익거들랑 또 오우야아.'

젠주* 앞바다가 퍼렇게 일어선다
대관령이 어쓱하게 어깨를 편다

어떻게 살았길래
눈물이 도는가
길이 나서는가

모두 다 환하게 퍼진 얼굴
미소가 절로 인다

입에 침이 마르도록 널어놓는 사설
해질까 두렵다

*젠주 : 옛날 안목을 일컫던 말.

강릉 연가 · 3

한울타리
한집안
말씨가 부드럽게 흘러간다

서로 다짐도 없었는데
한골짜기로 다 모였는가

스스럼없이
주고받는 말
'어디 가시우?'
'성씨는 뭐요?'
족보가 드러난다

조용히 감은 눈에
앞산이 드러난다
시원한 바다가 펼쳐진다

안개속에 피운
그말씨속에
고향이 가깝다

강릉 연가 · 4
── 강릉으로 이사간 박호영 교수에게

어딘지 모르게
시원한 물이 흐르는 곳

대관령 산줄기가 쭉 뻗치고있어
힘이 저절로 솟았다

누가 강릉을
하늘에 올려놓고
제일 강산이라 하였는가

때로 가다 날이 흐리면
햇빛을 불러
마음 따스하게 하고
바다를 불러
마음 파랗게 한다

강릉은
생명의 바람을 일게 하는 곳
영원히 안식을 찾아 눈감게 하는 곳

강릉 연가 · 5

강릉!
그이름속에
늘 맑은 정기가 돌았다

내 꿈이 자라던 곳
이상의 아름다운 무지개가
늘 하늘에 뻗쳤다

햇볕도 따스하게 비쳐
늘 새집을 짓게 했다

만나는 사람마다
구수한 말씨로
인정의 꽃을 피웠다

앞엔 동해바다
날마다 파아란 마음
부푼 가슴으로
우리를 쓰다듬어주고있다

月川里 소묘 · 1
—— 月川의 한 때

月川 강변
돌도 많더라
제각기 골똘한 얼굴을 하고있었다

月川 물 많을 때는
모두 솔밭둔덕에 나서서
산골사람들을 생각했다

간밤 높은 하늘아래
매봉산에서 타던
산불을 생각했다

출세길이 열리던
대곡 목재길은
여전히 무슨 빛같은 것이
돌고있었다

그런 사이 산골에선
큰나무를 실은 가시랑차가
바다를 향해 내려오고있었다

月川里 소묘·2
—— 장터거리

봄햇살 잘 퍼지는
장터거리

성황당 솔바람소리가
늘 밑으로 일었다

무엇이 자주 오고가는
장터거리

아랫마을 사람들
이마을에 올 때는
'버당'이라고 불리웠다

울진 사람들
가곡 사람들
서로 내통하여
떠들썩했다

어린이들 우두맞는 날
4방 아기들 울음소리에
날씨도 흐렸다

이런 날은
담뱃집 술도 잘 팔려
마을인심이 좋았다

月川里 소묘 · 3
──이당골 친구 황기원 군을 생각하고

재아래 이당골
늘푸른바람이 불었다

같은 月川이면서도
남쪽 떨어져 살았다

아랫집 '콩례네'
중간집 '내원네'
마지막 꼭대기 '동룡네'
서로 끈을 이으며 잘 살고있었다

여름 한철
꾀기도 잘 익어
큰향내를 풍겼다

좀 높은 곳이라
흐르는 냇물과 펼쳐진 바다가 보였다
그래서 그골짜기엔
늘 서기가 뻗쳐있었다

이마을을 잘 지키던 친구
온산골에 그얼굴 어려있다

그래서 이당골엔
해가 잘 지지않았다

月川里 소묘·4
──이당골 마을

산속에 싸여있는 마을
항상 바람이 세지않고
햇볕이 잘 들어 좋았다

그래서 큰그늘이 생겨
귀한 사람들 발걸음이 잦았다
개도 점잖아 잘 짖지않았다

여름철 매미 합창소리에
꾀기*가 잘 익어
모두 꾀기골이라고도 했다

산밑 기원네집 인심이 좋아
어린이들 자주 몰려들었다

항상 뒤에는 재가 있어 든든했고
앞에는 바다가 있어
큰마음 키울 수 있었다

      *꾀기 :'자두'의 삼척 사투리.

月川里 소묘·5
──삼산골 풍정

간령 개밑에
둥지를 튼 후에
늘 덤덤하고풍성하였다

남과
북으로 가는 길이
더 넓어졌다

앞에는 바다가 있어
늘 위로가 되고
속을 펼 수 있었다

해가 짧은 때에도 긴때도
산밑굴뚝엔
늘 가늘은 연기가
피어올랐다

큰집엔 이야기꽃이 늘 피고
뒷담아래엔 열매가 주렁주렁 열렸다

강릉에 오면

조금은 부끄러운
조금은 진한 얘기

햇볕속에
맑은 바람속에
솔솔 피어난다

산과 바다가
멀리 있어
서로 손짓하며 웃는다

강릉에 오면
눈이 더 커지고
귀가 엷어진다
다문 입이 트인다

비밀스레 숨어있던 것들이
햇볕에 나와 웃고있다
내 첫사랑 움돋던 이야기도…

꿈의 숲, 겨울이야기

꿈의 숲에선
이야기가 많다

동공속에 열리는
온갖 그림
소롯이 피어난다

어른들, 어린이들, 한쪽 구석에서는
연인들의 속삭임도 있었다

눈을 들면
온천하를 호령하는 군사의 위용이
구름속에서 나타났다

어느덧 고궁에 겨울이 와
눈이 하얗게 왔다

하얀이야기가 온4방에
깔려있었다

파도속 그리운 이름들

눈앞에 나타난 바다
그속알맹이까지
다 드러난다

잠결인 듯 어둠속 헤맬 때
또 하나의 역사
애기웃음같은
햇살의 미소가 퍼진다

눈을 크게 뜨면
파아란바다가 출렁인다

그파도속에 그리운 이름들이
수두룩 살아나고있다

草谷港*

바람도 왔다가
조용히 돌아가는 마을

산이 바다를 향해
빙 둘러막아
먼바다에서 고기가
많이 들어왔다

앞에는 방파제가
어진 어머니처럼
뻗치고있었다

옛날 그마을친구
그렇게 고향을 자랑하더니
그대로 꿈처럼 피었다

이마을에서
큰용이 날 줄이야
세계적인 마라토너 황영조가 나타나
온바다를 더 넓게 했다

늘 깃발을 꽂는 초곡항

부둣가엔 간밤 먼바다로
고기잡으러 나갔다가 돌아온 배들이
부두에서 모두 모여 얼굴을 맞대고
잠자고있다

아침해 돋을 때
집집마다 굴뚝에선
가느런 연기가 피어오르고
골목에선 술국끓이는 냄새가
솔솔 피어났다

*초곡항 : 강원도 삼척시 근덕면에 속한 동해 해변마을.

산을 지키던 날

꽃두 피기 전
어설픈 봄날
금성리 산은
금성리사람들의 입김으로
더 푸르렀다

어른의 분부대로
산지키러온 어린이들

산에는 노루 한 마리도
나타나지않았다
공연히 배가 고파
무엇이 먹고싶었다

따뜻이 햇볕내려
바위아래 모닥불을 피워놓고
콩을 볶아먹었다

이제 얼마 안있으면
참꽃이 필 것을 생각하고
어린이들은 더 얼굴이 환해졌다

눈물의 상봉, 그날을 기리며

함경도 아방이마을 사람들의 슬픔
온통 바다가 눈물로 젖었다
덩달아 비도 내렸다

끝없이 수평선을 보고
반가운 손님이 오실 줄
알았는데…

혹시혹시 하는 세월에
고기도 많이 잡혔다
설움도 뚝뚝 떨어져나갔다

술취하면
고향노래도 많이 불렀다

2000년 8월 15일
처음 가슴과 가슴끼리
열린 후로는
한꺼번에 강산이 울먹였다

함경도 아방이마을 사람들
슬픔을 삼키고

모두 고향이 가까운
통일 전망대에 올라
또 한바탕 눈물을 펑펑 쏟았다

그이름을 위하여
──선구자의 얼이 서린 '一松亭'에서

누가 아닌 밤중에
영혼의 불을 켜고
한 나무 푸른소나무를 심었는가

오직 주시는 말씀으로
이국땅에 와서
큰불빛이 일기를 바랬다

밤마다 흘리는 눈물로
큰거울속에
꽃이 피기를 바랬다

비암산 높은 꼭대기에
구름을 다스린 나무
바람을 다스린 나무

항상 푸름으로
민족의 얼을 다스렸다
그아래 해란강이 유유히 흐르고있었다

사패산* 얼굴

아득한 사패산
또 가까이 있는 사패산

의정부에 내려와 살면서
늘 하늘 가깝기를 원했다

아침에 일어나
늘 산을 바라보면 시퍼렇다
웃으며 자꾸 젊어지라 한다

옛날 범골 전설이
구름을 자꾸 일으킨다
사패산 흰바위가
웃으며 반겨주고있다

그러면서 자꾸
산으로 오르라 한다
큰상이 마련되어있으니
자꾸 오르라 한다

*사패산 : 경기도 의정부시 서편에 있는 산. 바로 아래에는 '회룡사'가 있다.

은혜의 눈속에

깊은 산속에
눈이 부슬부슬 내리고있다

하늘의 깊은 소리도
소롯이 내리고있다

죽은 나무에도
살아있는 나무에도
고루고루 은혜의 하얀옷을
입히고있다

불현듯 산짐승이 그립다
그들의 밀어도 듣고싶다

부슬부슬 내리는 눈속에
임의 하얀 모습 보고싶다

왕산골의 봄

대관령 산밑 왕산골
봄은 와
바람이 늘 소식을 안고
온산을 감싸고있다

산봉우리들이 모두 봄을 맞아
한형제같이 정을 나누고있다

산주인 캄캄한 밤에도 일어나
흰옷입고 삽작거리에 나서서
훨훨 악귀를 쫓았다

산주인 땡볕에 일하다 피곤하여
잠시 눈붙였을 때는
위에 모신 조상묘가
잘 보살펴주셨다

눈을 떴을 때
온산이 밝음으로 환했다
나무숲에서 자라는 온갖 산나물이
시퍼렇게 얼굴을 내밀고있었다

제5부─────────────────────── 한 마리 학이 되어

십자가 섬마을

노을속 돛단배
섬으로 돌아올 때
온바다가 빛으로 환했다

쓰라렸던 그날도
노을에 묻혀
더욱 붉었다

달덩이같은 얼굴
넓은 마음
마을마을마다
큰꽃으로 피웠다

눈앞에 서있는 큰나무
복음의 열매
주룽주룽 열려
온천지에 향기를 마구 피웠다

생명의 소리

사뭇사뭇한 흙속에
일렁이는 새빛
생명의 소리가 울리고있습니다

그 크신 얼굴
온천지에 크게 열리고있습니다

메마른 나뭇가지마다
다시 살아나 꽃을 피우고있습니다

어디서나 큰바위를 일깨우는
위력의 소리가 들려오고있습니다
모두 다 일어나란 말씀이지요

산도 바다도 구름도
다른 색깔로 변하고있습니다
모두가 살아난 기쁨이지요

생명의 소리
더 크게 울려퍼지고있습니다

芳林을 지나며

옛날 궁궐이 있었다는 곳
그래서 은은히 빛이 일고
향기가 풍겨
골짜기가 밝다

소나무들도 쭉쭉 벋어
하늘을 맑게 하고있다

그 어디쯤 가야
길이 환히 열릴까
골짜기는 쉬임없이
손을 뻗고있다

잠시 머물렀다가는 3거리 초소에
저녁볕이 들어
기둥 한쪽에
나비 한 마리 세월모르게 잠자고있었다

문득 앞에 이는 흰구름
미리 꿈으로 와
강릉 앞바다를 시퍼렇게 보여주었다

팽목항의 아픈 사연, 그파도
——'세월호' 참사를 보고

진도잎마나
맹골수도—
꽃같은 우리 청소년들
한꺼번에 물속으로 데리고가다니

그소년·소녀들
또렷또렷한 눈들
하고픈 이야기 가슴에 안은 채
꽃처럼 지다니…

맹골수도 검은바다가
검은이빨을 내밀고있다
바다여, 우리의 꽃을
어서 내어놓아라

온나라에 비가 온다
모두 다 잃어버린 가슴에
비가 주룩주룩 내리고있다

독도 연정

참으로 멀리있는 정
눈감을 때 하얀파도가 일어
더욱 커진다

큰마음 먹고
바다를 건넜을 때
더욱 자리를 크게해주었다
늘 어머니품을 해주었다

한 때 이웃 못된 놈들
음흉한 꿈을 꾸어도
깊은 물속에서 다 삭였다
풍파가 일수록 담담한 얼굴을 하고있었다

허구한 날
바다의 역사를 늘 생각했다
于山國의 영화를 크게 지니고
평화의 얼굴을 하고있었다

한 마리 학이 되어

동해변 해당화필 때
모래알이 빛났다

그속에 숱한 그리운 이름들이
새겨져 있었다

羽溪* 李氏
江陵 崔氏
江陵 金氏
그항렬따라
빛을 발하고있었다

앞에는 바다
뒤에는 산
그이름만큼
깃발이 날리고있었다

바닷가 긴솔밭
한 마리 학이 날며
귀한 이름을 찬양하고있었다

　　　*羽溪:江陵市 玉溪의 옛이름.

구름속 큰집*

대곡 목재 큰집
항상 부푼 가슴으로
눈을 씻으며
바다를 지키고있었다

장날 아닌데도
사람들 많이 오고가
늘 굴뚝엔 연기가 피어올랐다

돌아보면
골짜기 골짜기마다
사람사는 곳
그곳엔 흰구름이 돌고있었다
따스한 햇볕이 감돌고있었다

해지기 전
돌아가야 할 柯谷川 사람들
해꼬리를 잡고
부지런히 산속으로 가야 했다

구름속 큰집
삶의 큰집으로

높은 언덕에 서서

시원히 바다를 지키고있다

*큰집 : 여기에서의 '큰집'은 우리 큰댁을 가리키는 것으로 바다가 보이는 높은 꼭대기
(대곡 목재)에 위치해 오고가는 사람들의 쉼터가 되기도 했다.

두 모녀 꽃집*에서

외로운 할머니
정이 많으셨던 할머니
어머니 갈령재넘어
시집왔을 때
한 집에 살길 원했다

삶이 너삼뿌리처럼 써도
늘 귀여운 이름 강아지*를 부르며
속을 달랬다

따뜻한 봄날 限命 다하시고
뻐꾸기울음따라 가셨지
어머니도 얼마 안되어
그길따라 가셨지

오랜 세월 흙집에서
따로 살다가
세월이 좋아 꽃집에서
다시 만난 그기쁨!

얼마나 놀랬을까
감격했을까

그눈을 모아
땅의 정을 모아
또 하나의 큰집을 지었지

해마다 봄이면
그앞에 구름같은 큰꽃이
피어오르겠지

*꽃집 : 납골당을 미화해서 그렇게 부름.
*강아지 : 어머니 어릴 때 명이 길라고 어른들이 붙여준 아명.

青丘園*

새색시 노오란꽃이
걸어옵니다
밝은 햇빛속에 李梅窓의
얼굴도 떠오릅니다

서러운 노래가 서린
황톳길에 꽃이 피고있습니다
바람속에 날아온 돌에도
불이 붙습니다

떠오르는 扶安
흙속에 묻은 노래가
아무 사람의 귀에도
들려오고있습니다

봄의 깃발을 단
선은리 青丘園에도
꽃구름이 피어나고있습니다

*青丘園:故 辛夕汀 선생이 항일기 말 가난했던 시절, 농사를 지으며 시를 쓰던 곳.

봄오는 고개

아지랑이 아질아질
어서 오라 손짓한다
고개만 넘으면 출세한다고

마음껏 들판을 달리고싶어라
어디 거리낌없이 하늘높이
연을 날리고싶어라

물건너 과수원쪽
푸름이 가득하여
장차 큰손님을 맞으려한다

조부님 모신 산소도
큰정기에 싸여있다

쓸쓸한 마음 장광*에도
볕이 든다
돌들이 어린이모양
눈을 돌리며 방긋 웃고있다

*장광:큰물이 흘러갔던 벌판. 사뭇 돌이 깔려있는 곳. 강원도 사투리.

제6부—————————————————설을 쇠고 난 후

설을 쇠고 난 후

설을 쇠고나니
한결 세상이 부드럽다
산빛이 다르고
햇빛이 다르다

큰집 농사짓는 김 서방 얼굴도
확 퍼져있다

온세상이
부드럽고고운 햇살로
치장을 하고있다

유난히 호랑이해를 맞아
위엄에 차있다
뒷산 바위그늘도 더 크다

설을 쇠고나니
바람소리도 다르고
政治도 다르다

모든 것이 밝은 햇살에
잘 펴지고 있다

오랫동안 감추었던 응어리가
한꺼번에 확 펴지고있다

안목 연가 · 1

파아란 가슴이 있는
안목 바닷가

높은 빌딩에 걸려있는 '그곳에 가고싶다'*가
바닷바람에 하얗게 날리고있다

옛날 그리운 젠주*의 말이
포말처럼 쏟아졌다

해목하던 얼룩진 모습이
바다에 떠올랐다

세상이 달라져도
바다는 변하지않았다

젠주를 키우는 안목이네 가슴은
늘 사랑으로 뒤끓었다

그래서 그정을 잇기 위하여
'동해 상사'는 파아란가슴으로 달렸다

*'그곳에 가고 싶다' : 안목 바닷가 높은 빌딩에 있는 카페 이름. '70년대 후반 도서 출판
한겨레(대표 · 희곡 작가 金永武)에서 낸 책이름.
*젠주 : 옛날 안목을 일컫던 말.

안목 연가 · 2

고향을 못 잊는다는 친구
이빠진 몰골로
여름날 젠주*를 얘기해놓고
혼자 미소를 지었다
새삼 바다가 출렁거린다고…

오래 살다가
막상 와보면
그옛날 젠주가 아니란다

마을앞 고깃배들은
다 어디로 가고
욕망의 해안 빌딩이
험살스럽게 들어서있다

또 다른 젠주
바다는 훤히 펼쳐져있는데
이상한 안개가 가슴에 차와
오래 살라고 타일러주었다

　　　　*젠주 : 옛날 안목을 일컫던 말.

큰그림을 보며 · 1

얼마만큼
숨 헐떡이며 걸어왔는가

정다운 얼굴들
모두 다 숲속에
크게 핀다

늘 언덕아래
낮은 곳에 살아도
바다가 있다는 일념으로
마음 펴고살았지

언제고 돛단배처럼
무엇을 싣고올 것을
생각하고

포롯이 안겨오는 안개속에
다시 큰얼굴 핀다
온갖 웃음을 웃으며…

큰그림을 보며·2

모두 다 먼날
이슬비되어 오고있다

뽕나무사잇길
도랑물이 졸졸 흐르고있다

굳이 없어진 발자국을
찾을 필요없다

다만 산을 둘러싼
큰그늘이 보일 뿐이다

지금은 모두
오래된 큰그림 산수화로
벽에 걸려있을 뿐이다

부거실 새노래·1

공주 가는 길
達田里
옛이름 찾아 포근히 앉아있었다

옛부거실리*
속에 있는 것들이
다 드러났다

아랫마을
윗마을
걸어서 다니던 길에
큰짐승 버스가 다니고있다

사람들 눈이 달라지고
생각이 달라지고
집에 먹이는 개들도
눈을 크게 떠서
고을을 지키고있다

*부거실리 : 행정 명으로 전의면 달전이었는데, 세종시되는 바람에 옛이름 부거실을
되찾게 되었다.

부거실 새노래·2

수리산아래
보금자리를 튼 마을

물이 한 곳에서 흘렀다
바람이 시원히 골짜기를 빠져나갔다

아랫마을 윗마을이
서로 손잡고
더 크기를 바랬다

구름이 잔뜩 가렸을 때
이마을에 시집온 月順이

처음 눈가리고 살았을 때
속으로 얼마나 울었을까

이제 아들낳고
딸낳고 살제
산골에 큰빛 들어왔다
큰그림이 다시 열리고있다

宿岩里* 산정

쳐다보면 신, 흰구름
온통 몸이 뜬다

그리운 이름들*이 소복히
구름위에 걸려있다

6·25때 쓰린 역사를
저들이 입을 벌려 말하고있다

그 험한 역사를
가리왕산이 잘 말하고있다

긴골짜기
높은 산이 지켜보는 가운데
꿈을 다스리는 초가집들
집집마다 정을 끓이는 냄새가 났다

이마을에도
무슨 변괴가 생겼는지
이상한 낙서가 벽에 걸려있다
'아부지 우린 어디로 가요?'

좁은 골짜기
끝없이 흐르는 물에
산속이 환하게 변하고있다

그리운 옛이름들도
떠내려가고있었다

*宿岩里 : 강원도 정선군 북평면에 있는 산골마을 이름.
*그리운 이름들 : 6·25 전쟁 전 강릉에서 같이 공부하던 정선 친구들(이강호 박원규
   최재열 군 등).

북 해 도 · 1

네 인생 백 년 넓게
그림으로 보여주는 곳
생전 처음 와보는 곳이지만
눈물이 났다
옛이야기도 마구 피어났다
산도 구름도 바다도
원색 그대로였다
아이누 족의 원시 생활도
숲속에 많이 걸려있었다

눈이 유난히 많이 내려
서러운 곳
그속가지엔
하얀연인이 숨어서
자꾸 손짓하고있었다

북 해 도 · 2

어릴 때 많이 듣던 北海道
할머니는 호롱불밑에서
이지가지 얘기를 해놓고
눈물을 흘리셨다

설움 많던 북해도
석탄이 많이 나
우리 선대들이 징용으로 끌려가
그추위속에 숱한 눈물을
흘렸단다
그때 그한숨이 하늘에 올라가
눈이 되어 내렸단다

지금은 그땅
북쪽으로 길게 뻗어
속으로 길게 회개하고있었다

멀리 보이는 活火山
속을 다 태우는지
연기를 크게 내고있었다

제7부 ──────────────── 貞陵에 다시 와서

貞陵*에 다시 와서

1.

神德王后의
어진 마음이
햇살로 퍼져있는 곳

큰향기가 인다
큰그림자가 따른다

어디로 가든지
신선한 바람이 일어
나무들이 하늘을 향해
잘 자라고,
골짜기 골짜기마다
고운 목소리 玉水가 흐른다

어진 백성들
여기 와서 마음을 씻으라고
타일러 준다

2.

탕자처럼
돌아다니다 왔어도

두 팔 벌려 맞이해주는 곳

열린 그하늘속에
새로운 꽃이 핀다

그옛날 없던 바위가
새로이 들어서고
그위에 감사의 제단을 쌓게 한다

*貞陵:서울 성북구 정릉동에 있는 조선조 太祖의 계비인 神德王后의 능이 모셔져있는
   곳. 원래 서대문구 정동에 있던 것을 1409년 지금의 위치로 옮김.

仁寺洞 골목

인사동 골목에선
바람이 오른다

정치 얘기도
예술 얘기도
모두 다 노랗게 익는다

그냥 한없이
길이 펼쳐져 있는 곳이다

행여나 그사람이
뽀오얀 안개속에서
고개를 들고올까

노오랗게 물든 은행나무가
오히려 더 정답다

그옆에서 점쟁이도
잠들고있다

그렇게 한가하다가도
귀한 사람 올 때

하늘에는 무지개선다

처음으로
서울의 깃발이 좁은 골목에
높이 오른다

빈자리에서
──오이도행 전동차를 타고

또 긴여행을 시작했다

지공철* 빈자리에 앉아
눈을 감아본다
햇볕에 아른아른 어려오는
옛그림이
나래를 펴고다가온다

얼마 안가서
자리가 나더니
또한 나그네
눈을 감고앉는다

마음에 끈을 이어
이야기꽃을 피웠다

노자는 얼마 없지만
기왕 가는 길에
끝까지 가기로 했다
나중 바다가 큰가슴을 열고
반겨줄 것을 생각하고

*지공철 : '노인들 지하철 전동차를 공짜로 탄다.'는 우스갯소리.

쑥국새 승리의 노래

소래긴민에
강원도가 빛났다
겨울하늘에 큰얼굴을 하고있었다

산새만 울던 첩첩 산중에
큰괴물 케이티엑스(*KTX*) 바다를 향해 달리다니…

해피(*HAPPY*) 平릅!
세계의 눈길이 한데 모여
온산천을 밝게 했다

어둠의 나라 북한에서도
같은 피 흐름으로 참여해서
평화를 외쳤다

그때에 먼하늘에서
쑥국새가 쑥국쑥국 울었다
온세계속에
코리어가 빛나라고

큰 징 조 · 2

구름속
싯푸른 밭
씨를 자꾸 뿌리자

마음을 크게 줄 때
새싹이 돋아나고
흐르는 물도 따스해지리니
모두 다 일어서자
눈을 크게 뜨자

강변에 버려진 돌도
소몰소몰 움직인다

장차 그리운 임이
그화사한 옷입고
산모롱이를 돌아올 기미다

회화나무 頌·1

조금은 구부러신—
그러나 하늘에 뜻을 두고
꼿꼿이 살았다

날이 따뜻해도
때로 가다 추위도
하나 표정을 달리하지않았다

한 백 년
오래 살았기로
살결은 늘 검었다

마을 떠나
동구밖에 살아도
하나 외롭지않았다

늘 속에는
뜨거운 것이
뜨거운 것이
끓고있었다

다가오는 영화
그날의 비상을 생각하고
구름같은 옷을 입고
환하게 웃고있다

회화나무 頌·2

철철 흐르는 물소리를 두고
산을 바라보며
또 역사를 시작했지

때가 되어
엉성한 나뭇가지에
꽃이 흐드러지게 필 줄은 몰랐지

오가던 사람
눈길을 주고
모두 소원을 빌었지

넓은 팔로 안아
나무밑에 들어섰을 때는
큰잔치가 벌어졌지

회화나무집에는
온갖 음식을 차려놓고
모두 드는 사람마다
푸짐하게 먹게 했지

회화나무는
내일을 생각하고있다
비바람속에 다시 부활할 것을

孝石山

시긴 들로 이루어진 산
그아래 하얀
메밀꽃이 피어있다

참생명이 온통
봉평골에 흐르고있다

可山 李孝石 선생
산을 위해 태어나
산의 말씀하시고
산에 묻혀 계시다

효석산을 중심으로
온갖 산이 나래를 펴고
정다운 이야기를
주고받고있다

오늘도 하얀천국이
우뚝 서있다

성령의 바람속에

높은 바람
성령의 바람속에
열려오는 얼굴

밝은 햇살아래
큰언어로 피어나고있다

보이는 것이 모두 꽃이다
하늘에도 더 큰것이 지나고있다

어디까지 가야
그고운님의 목소리를
들을 수 있을까

뻗친 그눈길위에
큰열매 맺는
꽃이 마구 피어나고있다

하늘에 달린
높은 까치집에도
큰경사가 일고있다

강릉 대관령

강릉 대관령
큰웃음 보고파라

워낙 높고
넓은 가슴이라
아무 때고 안기고싶어라

山門만 열면
꿩들이 이리저리 날고있다

앞에는 꿈처럼 바다가 있어
늘 풍성한 마음을 지니고있다

어찌하여 사람들
북쪽 남쪽으로 가르는가

강릉 대관령
깊은 속에서
샘물을 내려주고있다
사람들 가슴가슴속에
南大川이 흐른다

제8부 ──────────────────────────── 어머니 마지막 말씀

奉祭畓*

햇볕 잘 내린
산밑마을

늘 오고가는 길 쪽에 있는
奉祭畓은
물이 시렁시렁하여
늘 가슴을 뿌듯이 채워주었다

선대로부터
익혀온 말씀
'알뜰하게 살아라
부지런해라
인정좋게 살아라.'란 말씀이
물에 시렁시렁 실려있다

*奉祭畓 : 옛부터 조상 제사를 받들기 위해 마련해놓은 문중논.

소 장 수

소장수의 눈은
늘 흐리다

소의 길을 따르느라고
옷은 늘 흙빛깔
허름한 옷이었다

해가 져서
주막집에 잘 때도
늘 쇠타령이었다

소의 이가 어떻고
소의 뿔이 어떻고…

눈에 마음먹은 소가
갈기를 높이 세우고
걸어오는 모습
꿈을 어지럽게 했다

큰한자리*

모두 다 어진 뜻으로
한데 모였다

갈매골은 조상들의 얼굴이
한데 모여피는 곳

사뭇 골짜기에서
햇볕이 내려와
인정의 끈을 길게 내렸다

그리하여 조상들 집들 한데 모여
오순도순 살림을 하게 되었다

이제야 큰역사속에서
정다운 꽃을 피우게 되었다

*큰한자리 : 조상님들의 묘를 한 곳에 모셔놓은 납골당을 미화해서 한 말.

어머니 마지막 말씀

어머니 눈동자에
해가 지지않았다

하고픈 말
산같이 쌓여있었다

어스름이 끼여드는 방구석에
흰나방이가 포올폴 날았다

피의 말
큰글자되어
벽에 어렸다

자식들 얼굴
하나하나 떠올리며
이름을 간신히 불렀다

속깊은 눈물이
핏빛되어 주르르 흘렀다

양주가는 길

북으로 달리는 양주행 열차
시원한 바람이 불고
햇볕이 따뜻이 내렸다

모두들 큰가슴을 안고
북으로 몸실을 때
창문밖 산들이 반겨주었다
살아서 움직였다

어디까지 가야
북쪽 십자가 마을에
도달할 수 있을까

가도 가도 길은 멀었다
의정부를 지나
산고개를 넘을 때
벌써 산기운이 달라졌다

그옛날 풍년을 빌던 산대놀이패가
구름속에서 다시 나타나
꽹과리치며 오는 손님을 맞고있다

찬란한 빛 그가슴속에

동해 파탄
그가슴속에
붉은해가 솟습니다

모두 다 큰가슴으로
마중을 나가야지요
기다렸던 보람이 있습니다

온천지가
새옷을 입고
춤추고있습니다
노래를 부르고있습니다

긴항해
바다의 배도
힘차게 달리고있습니다

우리 모두 눈을 크게뜨고
승리의 해를 바라봅시다

믿음의 언덕

꽃송이 주렁주렁 열려있다

마른 나뭇가지도
헐벗은 산에도
빛이 열려있다

생명의 바람이
속깊이 이는 곳

바라는 것들의 열매가
빨갛게 익어있다

헐벗은 나무위 까치집에도
경사가 일고있다
하늘의 찬양소리가
크게 들리고있다

남국의 시
—— 인도 네시어 바티 섬에서

세상 물정 다 버리고
고운 마음 키워야
바다의 마음 알 수 있었다

누가 꿈같던 남국에 와서
생명의 소리를 깊게 들을 수 있었겠는가

망망한 대해에
꽃을 키운 섬이
풀잎처럼 널려 있다니…

하루에도 소나기
몇 차례 와
다시 섬을 일으키고…

섬사람들
유난히 눈이 크고
귀가 넓어
바다의 소리를 잘 들었다

동리앞 나무들도 잘 자랐다
나무마다 귀한 열매가 많이 맺혀

옥시겐*이 가득 찼다

이따금 이방인들이
잔뜩 찾을 때마다
벌거벗은 어린이들이 먼저 나와
아빠까르르*를 외쳤다
어서 오라는 큰인사였다

*옥시겐 : 산소의 일종.
*아빠까르르 : '안녕하세요?'의 인사말.

훈련병의 한 때

술취한 대밭머리
물결이 일고
81밀리 박격포의 위험 신호기는
고이 산머리로 날아간다

김 하사님, 고향이 어디시유?
공연히 응석을 부리고싶다

여름이 간 골짝마다
풀잎은 가느러히 우는데
어연듯 구름속
예쁜사람 얼굴이 떠오른다

노오란 신호탄이 오르는 하늘에
7월 7석이 가까운 듯
은하물 마구 지나간다

전우마다 새로운 웃음이
피어가는 오후 한 때
산밑마을에서는
풍년을 비는 잔치가 한창이다

농부들 두드리는
꽹과리소리에
고추잠자리 취한 듯
마구 날고있다

고향을 바라보며

뿌연 하늘
그아래 큰것이
움직이고있다

높은산 매봉산 정기가
아래로 잔뜩 내려와 있다

다시 눈을 뜨면
파아란 바다가
넘실거리고있다

분명 무엇을 전하고있다
내 오래 살던 역사를
이야기해주고있다

바람속에 소롯이 떠있는
내 그리운 집
아무도 살고있지않지만
네 활개를 뻗고
나를 손짓(孫枝)하고있다

누구 하나

세월의 흐름앞에 말해줄 사람없다
다만 반가운 손길만이
4방에서 손을 흔들어주고있다

다시 큰언덕에 서서
—— '신앙계' 50주년에 부쳐

말씀으로 이루어진
큰동산!
새빛이 이네
훈훈한 향기가 들리네

새들이 즐겁게
나무위에서 노래하네
말씀의 언어가
주렁주렁 열렸네

믿음의 큰동산 '신앙계'
그험악한 땅에
꽃씨 뿌린 지 50년!

밝은 빛
따스한 바람속에
큰꽃으로 피었네

다시 천 년
그날에 피어오르는 영화!

우리 모두 새옷을 입고

다시 큰언덕에 서서
무지갯빛으로 오는
그날을 바라보자
그날을 찬양하자

눈물로 씨뿌린 임
—— '성신 50년사'에 부쳐

한국 여성의 별이요
'誠信'의 어머니셨던
雲庭 李淑鐘 선생!

이제 큰꽃그늘로 우리와 같이 계십니다
蘭香園 언덕에 피어나는 꽃으로도
그마음을 알 수 있습니다

가난하고험한 땅에
고운 마음으로 오셔서
눈물로 씨를 뿌리신 임!

구름속에 뜰을 마련하시고
알뜰히 살뜰히 뜻을 키우셨지요

비바람 섞어친 그모진 밤에도
임은 등불을 들고 길을 밝히셨지요
그리하여 허구한 날 불같은 시험을 이기셔서
바위위에 큰꽃을 피우셨습니다

오, 아름다워라, 그마음!
오, 거룩하여라, 그뜻!

'誠信'은 역사에 큰증인이 되었습니다

임은 우리와 같이 계십니다
햇빛이 따뜻이 내리는 蘭香園 언덕에서
흰구름을 다스리며, 바람을 다스리며
우리를 조용히 지키고계십니다

빛에 차있는 바닷가마을
———부활절을 맞아

모두 다 살아났다는 기쁨
바닷가마을은
온통 경사에 차있습니다
울타릿가 새들도
흥겨워 노래를 부르고있습니다

바다끝 쪽
해가 둥실 떠올라
큰빛을 발하고있습니다
큰웃음을 주고있습니다

임오시는 모습
환한 햇빛을 안고
천사같이 걸어오고있습니다

모두 다 부활했다는 증거지요
모두 다 승리했다는 증거지요

오, 할렐루야
바다에 참생명이 열렸습니다
큰소식을 안고가는 배가
바다에 둥실 떠가고있습니다

큰하늘에 피는 꽃
—— 큰신앙을 펼치는 이옥녀 목사에게

눈에 삼삼 이는 고향
떠나올 때 그렇게 서럽더니
오늘은 큰그림으로 떠오르고있다

어린 날
앞냇가에 심은 꿈
산밑 도는 물레방아
그냥 움직이고있다

구름너머
산너머
흰학이 훨훨 날고있다
손짓하며 다시 부르고있다

어쩌다 떠나온 고향
땡볕, 비바람속에
희미한 소리 들렸다
구원의 소리—

가는 곳마다
생명의 꽃씨를
눈물로 뿌렸다

모진 세월 다 지난 뒤
다시 보는 하늘
그 높은 하늘에
생명의 꽃이
소롯소롯 피어나고있다

남도의 영원한 꽃
—— 문준경 전도사 추모비앞에서

이제 한참
봄이 오는 증도*

산밑 보리밭머리에
흰나비 한 마리 훌훌 나고있다

가없는 뻘
바다의 가슴이
섬을 가득 채우고있다

햇볕이 따뜻이 내린
증동리* 바다기슭에
고이 잠드신 임
남도의 영원한 꽃으로
피어있으리

> *증도 : 전남 신안군의 한 섬으로 면이름.
> *증동리 : 증도면에 딸린 마을이름.

무지개뜬 날 아침
—— 아우를 보내놓고

어둠속 홀연히 눈감은 날 아침에
무지개떴다
아쉬운 듯 길게 뻗쳐
눈물의 이야기를 싣고있었다

바다가 보이는
고갯마루에서
온갖 애환을 나눈 역사
때가 되어 간다고는 하지만 너무도 애달프다
제대로 눈감고갔을까

그 훤한 얼굴 어진마음씨
이슬비속 창문가에
큰그림으로 열려왔다

보람으로 키운 모란
비바람에 꽃잎지니
애달프다

맑은 하늘에
무지개떴다
그길은 영원한 하늘나라로 가는
길이었다

〈'기독 여성 신문'(2018.12.19.제217호) 8쪽 전단/수정 재록〉

기독 예술 대상 수상 시인 李姓敎

―한국인의 정서를 중시한 전통 주의 詩精神을 지키려고 노력

| 취재 · 기록/ 신 재 미 기자

〈시 인〉

〈책끝머리에―작성 · 李姓敎〉

李姓敎 시인 年譜

(1932. 11. 23.~2019. 1. 31.)

〈'기독 여성 신문'(2018.12.19.제217호) 인터뷰 기사/수정 재록〉

기독 예술 대상 수상 시인 李姓敎
—— 한국인의 정서를 중시한 전통 주의 詩精神을 지키려고 노력

| 취재·기록/신 재 미 기자
〈시 인〉

米壽 기념 시집 출판할 예정

지난 8일 '2018년 대한 민국 기독 예술 대상'을 수상하신 月川 李姓敎 선생을 뵈러 종암동에 있는 '임금님 설렁탕' 집으로 갔다. 마침 '문창' 동인지 제9집 '간이역' 출판 기념회가 열리고 있어 분위기는 겨울이라는 계절을 잊게 만들었다. 문우의 끈끈한 정으로 피워내는 웃음꽃·사랑꽃이 만발했다. 선생께서 이학생들을 위해 봉사를 하게 된 동기를 말씀하셨다. 첫째는 성북구 주민이었다는 것과, '문예 운동'과 '수필 시대'에서 문학의 길을 걷고있는 제자 김귀희에게 어느 날 복지관에서 봉사할 사람을 찾는다는 연락을 받은 후 마땅한 사람을 찾지 못해 봉사를 해보자는 생각에서 시작한 것이 9년이 되었다. 봉사를 하게 된 동기는 기독교인의 정신이라고 했다.

▶어린 시절의 꿈과 시인이 된 동기

어린 시절엔 한이 있었다. 당시 초등 학교를 늦게 들어가게 되었다. 제때 입학을 못하게 된 동기는, 아버지가 일어를 잘하고 똑똑하신 분이셨는데, 그런 모습이 일본 경찰들에게 요시찰 인물로 지목이 되었던 것같다.

당시 4촌 형이 둘이나 퇴학을 당하는 등 불이익을 당한 상태였다. 환경이 그렇게 되니, 아버지는 살길을 찾아 만주로 가셨다. 친구들은 학교를 가는데, 세 번이나 거절을 당하는 아픔을 겪었다. 본교는 읍사무소 근처였는데, 집에서 20리나 떨어진 산골로 학교를 가게 되었다. 당시 나만 그런 것은 아니었고, 학교에 입학을 한 후 보니까 서른여 명의 학생들이 함께 다니게 되었다. 2년 과정을 공부하고 졸업 후 본교로 편입을 했다.

상황이 이러하니 공부를 열심히 하게 되었다. 당시 밤을 새우며 담임 선생과 송별을 나누게 되었을 때 담임 선생이 '꿈이 무엇이냐?'고 물었다. 나는 교사라고 했다.

초등 학교 졸업 후 강릉 상업 중학교에 입학을 했다. 이학교는 1938년 설립이 되었는데, 6·25 후 학교가 중·고로 분리되며 3년으로 개편이 되었다. 당시 강릉에는 고등 학교가 4개나 있었다. 그시절 문학에 뜻을 둔 학생들이 모여 특별 활동의 일원으로 '강릉 학생 문학회'를 조직하게 되었다.

'대판딩'이란 교지가 있었는데, '이상'이란 글을 발표하게 되었다. 당시 나는 시인이나 경제인이 되겠다고 했다. 당시 국어 담임이 강말주 시인이다. 고등 학교 2학년 때 대학 입시 책인 '수험생'이란 잡지에 '남매'란 시가 당선되었다. 시는 어머니의 부재를 통해 비통에 관해 깊이 생각하게 되었다. 조병화 시인이 심사 위원이었던 걸로 기억한다. 지금도 '수험생'은 소지하고있다. 1953년도 발행이니, 상당히 오래된 자료다. 그때부터 문학인이 되어야겠다는 다짐을 하게 되었다.

…그무렵 강릉에서 교사로 계시면서 열심히 시를 쓰고있었던 황금찬 선생도 뒤늦게 '현대 문학'(1955년)지에서 登林했으니, 아주 빨리 登林했다. '현대 문학'에도 24살 때 당선이 되었다. 황금찬 선생이 1955년에 입문을 하고, 내가 1956년이었다. 지금 회고해 보면 청년 시절에 이미 가슴은 문학으로 뜨거웠다.

1979년 '가을운동회'라는 시가 국정 교과서(중학 국어 1-2)에 실리어 10여 년간 독자들의 사랑을 받았는데, 당시 큰아들이 삼선 중학교에 다녔다. 담임이 이성교 시인에 대해 이야기하는 것을 듣고, 아들이 손을 번쩍 들고 '그사람이 우리 아버지'라는 것을 밝혔다는 여담이 있다. 아들은 아버지가 시인이라는 것을 자랑스럽게 여겼다.

둥둥 북소리에 만국기가 오르면 온마을엔 人花가 핀다.

청군 이겨라. 백군 이겨라.

연신 터지는 출발 신호에 땅이 흔들린다.

차일 친 골목엔 자잘한 웃음이 퍼지고
아이들은 쏟아지는 과일에 떡타령도 잊었다.

136

하루종일 빈집엔 석류가 입을 딱 벌리고
그옆엔 황소가 누런 하품을 토하고있다.

청군 이겨라. 백군 이겨라.

온갖 산들이 모두 다 고개를 늘이면
바람은 어느 새 골목으로 왔다가
五色 테이프를 몰고갔다.

——李姓教의 '가을 운동회' 전문

이렇게 이야기를 하다보니, 어린시절 꿈과 시인이 된 동기가 같이 설명
되었다.

▶나의 삶과 문학 세계

한국인의 정서를 중시한 전통 주의 시정신을 지키려고 노력했다. 향토의
서정 詩學 즉 강원도의 향토적 색채를 중시해서 동해안 서민들의 정서를
지키려고 했다. 모든 삶의 기본은 하나님을 믿는 믿음이 기초이지만, 강원
의 山紫水明한 풍경이 시를 맑은 정신으로 태어나게 했다. 문학에도 족보
와 뿌리가 있어야 한다.

평생을 대학에서 보냈다. 그시간이 30년이다. 교무 위원을 네 번이나 했
다. 중앙 도서 관장·인문 대학 학장·교육 대학 원장·정보 산업 대학
원장을 했다. 그후 명예 교수를 7년했다. 퇴임 후에도 연구실을 이용하도
록 해준 학교에 지금도 감사한 마음을 가진다.

얼마 전 지하철 전동차 경로석에 앉았다가 건너편에 앉은 여인과 인사를
나누게 되었는데, 그여성이 중학교 교사로 있을 때 (내가) 가르쳤던 제자이다.

반장을 하고 부반장을 하던 두 친구가 지금도 친하게 지내던 중, 나를
만나게 되어 셋이 식사를 했다. 대화 주제가 노인의 삶이 된 것을 보면서,
나이를 먹은 것을 실감했다.

학교 생활로 많은 시간을 보냈음에도 뒤돌아보면, 문학인으로서도 열심히

살았다. 저서와 수상은 땀의 결실이라는 생각으로, 저서 몇 권을 소개한다.

시집 : 1965년 첫시집 '山吟歌'를 발간한 이래 '겨울바다' '보리필 무렵' 등 다수의 저서와 수필집 '영혼의 닻' '구름속에 떠오르는 영상' 외 다수가 있다.

수상 : 현대 문학상('현대 문학사, 1966.)·월탄 문학상(1979.)·한국 기독교 문학상(1997.)·한국 문학상(2005.文協.)·대한 민국 기독 예술 대상(2018.)을 수상했으며, 이외 수상 경력이 다수이다.

성신 여대에서 30년 재직

성신 중고등 학교 8년 재직

퇴임 후에도 연구실을 이용하도록 해준 학교에 감사

문학은 그사람의 정신 세계다. 진실·충실, 이런 것은 '성경'에서 기초가 되는 것이다. 문학인이기 이전에 신앙인으로 부끄럽지않은 사람이기를 바란다. 누군가에게 이름을 불릴 때 '그래도 그사람은 믿을 만하다.'는 말을 들어야 하나님의 영광을 가리지않는 삶이라고 본다.

▶ 문학의 길을 걷는 젊은이들에게 전하는 말

'현대 문학'에 1957년 서정주 시인의 추천을 받아 文林에 登林했다. 문인은 광대가 아니다. 오늘은 이랬다 내일을 저랬다 하는 광대의 모습을 연출하는 문인을 가끔 보게 된다. '나와 다르다 해서 잘못되었다고는 말하지 않는다.' 문학인은 문학인의 기본 정신을 잃지않았으면 한다.

1)자기 생활에 충실하라.

2)타인에게 정신적으로 일깨워 줄 수 있는 삶을 살아라.

3)삶이 모델이 되라.

오늘 이곳에 오는 길에 지하철 전동차에서 남정현 소설가(소설 '분지'의 작가 -편집인 주.)를 만났다. 인사동을 가신다는 선생을 보니, 뜻밖의 만남이었지만,

참 기뻤다. 이처럼 어디서 누구를 만나도 가슴뛰게 하는 삶이면 좋겠다.

최동호 교수가 (엮은) '한국의 명시'라는 책이 있는데, 상당히 잘 되어있다. 작가라면 참고를 하면 좋을 책이다.

▶앞으로의 계획

'성경'을 보면 앉고일어서는 것마저도 하나님의 은혜가 있어야한다. 1984년도에 여의도 순복음 교회에서 장로가 되었다. 젊은 날 하나님의 부르심을 받아 이날까지 쓰임받은 것 자체만으로도 감사하다. 아들이 목회자다. 하나님이 부르시는 그날까지 영혼 구령에 좀 더 힘쓰고 기도하는 사람으로, 아직은 문학의 길을 걷는 이들과 함께 공부하며 노년의 길을 걷고있는 중이니, 최선을 하려고 한다.

내년(2019.)이 미수다. '米壽 기념 시집'을 출판할 예정이다. 준비는 마무리 작업 중이다. 지난 9년을 함께하고 오늘 '문창' 동인 시집 '간이역'을 출간한 학생들이 있어 아직도 내가 무엇인가 해야 할 일이 남아 있다는 생각으로 살아갈 수 있어 고맙게 생각한다.

동해바닷가의 풀꽃처럼 내면의 청조함을 發芽시켜 탄생한 詩格은 정서가 궁핍한 이시대에 살아가고있는 우리에게, 순수 서정의 미감과 생명의 변주라는 창조적인 신선한 감동은, (전)기독 시인 협회 회장을 지낸 분답게 영혼을 회복시키는 청량제가 될 듯하다.

한 편의 시로 인성을 회복시키고, 영혼의 닻줄 이끌어주는 시인의 肖像 앞에 생명의 존귀와 귀하게 쓰임받는 분임을 느낀다. 천국 가시는 그날까지 지금처럼 자리 지켜주기를 바라며 건강을 기원한다.

——신 재 미 기자
〈시 인〉

139

李姓教 시인 年譜 (1932.11.29.~2019.1.31.)

· 1932. 음력 2월 초하루(양력 11. 29.) 강원도 삼척군 원덕읍 월천리 234번지에서 부 이덕필, 모 김옥련의 5남매 중 장남으로 태어남. 초등 학교 입학 전 어머니한테서 한글을 깨침.

· 1942. 가친이 일본인 교장과 심한 언쟁(4촌형 퇴학 문제 항의로)을 벌인 뒤 초등 학교 입학 시험에 3번이나 떨어지고, 11세 때 이천 간이 학교(2년제)에 입학함.

· 1944. 일본인 교장이 가고난 다음 호산 초등 학교 2학년에 편입함.

· 1948. 호산 초등 학교를 졸업하고, 그해 7월에 강릉 공립 상업 중학교에 입학함.

· 1950. 중학교 3학년 때 6・25가 일어나 집으로 와있던 중에 의용군으로 붙들렸다가 도망함.

· 1951. 1・4 후퇴 때 방위군으로 소집되어 울산 방어진으로 가는 도중 경주에서 친 구들과 함께 도주하여 귀향. 집에 왔으나 심신의 피로에다 돌림병(장질부사)에 걸려 석 달을 누워 앓음. 제일 마지막 앓은 어머니가 식구들 간호끝에 세상을 떠남(향년 37세). 중학교를 졸업하고 새로운 학제에 의해 강릉 상업 고등 학교에 입학함. 이때 처음으로 어머니가 믿으시던 하나님을 영접하고, 강릉 중앙 감리 교회에 누구의 권유도 없이 스스로 나감. 이때 하숙을 변두리 박월리로 옮겨 하숙집 아주머니(김 진애 어머니)를 양모로 정해 사랑을 많이 받음.

· 1953. 고등 학교 2학년 때 중앙에서 나오는 대학 입학 수험지 '수험생' 문예 현상 모집에 '남매'라는 작품이 당선됨. 이때부터 시인이 될 것을 생각하고 습작함. 이때 시내 고등 학교 우수시 지망생인 김남형 박춘희 염영남 임인진 등과 함께 '산초원' 시동인회를 구성하고 매주 한 번씩 모여 합평회를 함.

· 1954. 강릉 상업 고등 학교를 졸업하고, 당시 국어 선생(강수원 선생. 지금 시인으로 활약하고 있는 강말주 선생)이 졸업한 국학 대학 국문과에 입학해 서대문 영천 산꼭 대기 하숙집에서 '서울 신문' 시 당선자 김남형과 함께 열심히 시 습작함.

· 1956. 대학 3학년 때 '現代文學' 지 9월호에 서정주 선생의 추천으로 시 '윤회'가 초 회 추천됨. 이때부터 시인으로 자처하며 명동을 무대로 많은 문인들과 교류. 강릉 에서 올라온 김남형 임인진의 발기로 시내 대학 문학 지망생 윤병로 이성환 김여 정 이 훈 김선현 등과 함께 청년 문학회를 조직하고, 각 대학으로 순회하며 작품

발표회를 가짐. 이런 가운데 '現代文學' 12월호에 2회 시추천 작품 '혼사'가 발표됨. 대학 졸업을 앞두고 대관령을 넘다가 버스가 눈에 갇혀 '진부 여관'에서 이틀 묵은 후, 다시 이틀 길을 걸어 대관령을 혼자 걸어넘었음.

· 1957. '現代文學' 2월호에 시 '노을'로 3회 추천을 끝내고, 詩林에 정식으로 登林함.

· 1958. 대학을 졸업하고 군대에 가기 전, 더 공부할 욕심으로 중앙 대학교 대학원에 입학. 그때 한강 철교가 아직 복구되지않아 가교로 건너다니다가 입영 영장이 나와 논산 훈련소에 입소해 훈련을 마치고, 육군 제2훈련소 본부 정훈 참모부에서 '연무 신문'을 편집함.

· 1959. 복무 중 대학원생 특별 조치로 학보병 귀휴 조치를 받고, 1년 6개월만에 군복무를 마침.

· 1960년 1월 11일 용산 '남영동 교회'에서 김갑순과 결혼식을 올리고, 청파동에서 새살림을 차림. 그해 4월 성신 여자 중학교 교사로 부임. 여기에서 4·19 혁명을 겪음. 이해 12월 31일 장남 선웅 출생.

· 1961. '現代文學'과 '文學藝術' 출신 시인들로 구성된 '60년대 사화집'(이경남 박희진 성찬경 구자운 박성룡 박재삼 신기선 이성교 이창대 이희철 인태성 범대순 조영서 최원규 허소라 제씨) 동인에 가담해 의욕적으로 작품을 발표함.

· 1963. 같은 학원 내 중학교에서 고등 학교로 옮겨, 여고 문예반 지도 교사를 맡음.

· 1964. 6월 9일 딸 선미를 교통 사고로 잃고 '밤비'를 씀. 7월 18일 차남 선하 출생. 9월에 중앙 대학교 대학원 석사 과정(지도 교수·白 鐵—편집인 주.)에서 '한국 현대시의 릴리시즘 연구'로 학위 취득.

· 1965. 詩林에 登林(데뷔) 후 10년만에 작품을 모아 첫시집 '山吟歌'를 출간하고, 그해 겨울 '호수 그릴'에서 출판 기념회를 가짐.

· 1966. 첫시집 '山陰歌'로 '현대 문학'사 제정 제11회 '현대 문학상'을 수상. 특별히 이해는 지도한 문예반 학생들이 뛰어나 이대 주최 전국 여고 문예 콩쿨에서 전국 1등(종합 우승)을 해 학원 설립 이래 처음으로 문예 여고의 이름을 떨쳤음. 이해 12월 24일 크리스머스를 기해 3남 선주 출생.

· 1967. 고등 학교 3학년 담임을 맡으면서 틈틈이 우석 대학과 성신 여자 사범 대학두 대학에 출강함.

· 1968. 고등 학교를 사임하고, 성신 여자 사범 대학 전임 강사로 부임. 이때 성신 여사대 학보 주간직을 맡아 계간지를 월간지로 발전시킴. 그동안 문학 단체에 관여해 처음으로 한국 문인 협회 이사가 됨. 12월 21일 장녀 선경 출생.

· 1970. 조교수로 승진하고, 구인환 윤재천과 함께 3인 수필집 '지성의 눈'(예문관) 출간.

- 1971. 제2시집 '겨울바다'를 한국 시인 협회 편(문원사)으로 내고, 한국 시인 협회 상임 위원직으로 활약.
- 1972. 대학에 전임으로 있으면서 시골 정경에 접하기 위해 청주 대학 출강(3년 간).
- 1973. 구인환 윤재천 교수와 함께 대학 교재 '신문장론'(형설 출판사) 출간.
- 1974. 중앙 대학교 문리대에 춘강기 함께 제3시집 '보리필 무렵'(창원사) 출간. 여기에 수록되어 있는 시 '가을운동회'가 국정 교과서(중학 국어 1-2)에 실리게 됨(10년 간.). 국제 펜클럽 한국 본부 이사로 활약.
- 1975. 부교수로 승진하고, 구인환 윤재천 윤종혁 최승범 교수와 함께 5인 공동 수필집 '정겨운 대화들'(형설 출판사) 출간.
- 1977. 한국 시인 협회 사무 국장을 맡아 회장 박목월 선생을 보필함.
- 1978. 대학 교재 '문학 개론'(공저)을 한영환 교수와 함께 개문사에서 출간.
- 1979. 중앙 대학교 대학원 박사 과정 입학. 한국 크리스천 문학가 협회 이사. 제4시집 '눈온 날 저녁'(지인사) 출간해 10월에 제14회 '월탄 문학상' 수상. 이때 박정희 대통령 시해 사건으로 인해 밖에서는 수상식을 갖지 못하고, 그대신 월탄 선생 댁에서 조촐하게 시상식을 가짐.
- 1980. 대학 시절 몸담았던 세계 대학 봉사회 한국 본부 이사로 피선됨.
- 1981. 성신 여자 대학교 교수로 승진.
- 1982. 첫수필집 '영혼의 닻'(형설 출판사), 첫시론집 '현대시의 모색'(맥밀란), 3인 신앙 시집 '영혼은 잠들지않고'(황금찬 유안진 등. 영산 출판사) 출간.
- 1984. 이해는 하나님의 축복을 많이 받아 중앙 대학교 대학원에서 문학 박사 학위 취득과 동시에 여의도 순복음 교회 장로로 장립됨. 가을에 시선집 '대관령을 넘으며'(맥밀란) 출간. 12월에 교육 공로로 대한 민국 국민 포장 수상. 아울러 고향에서 '자랑스런 군민상'도 수상. 한국 문화 예술인 선교회 회장으로 피선됨. 이해 말 큰결심으로 신학을 공부하기 위해 순복음 총회 신학교에 입학해 2년제 과정을 졸업함.
- 1985. '한국 현대시 연구'(과학 정보사), 동시집(장수철 이성교 엄기원 홍선주 김상길 공저) '우리 아버지집'(서울서적) 출간.
- 1986. 성신 여자 대학교 중앙 도서 관장, 한국 시인 협회 심의 위원 역임. 9월에 제5시집 '南行 길'(청문사) 출간. 중앙 대학교(대학원 박사 과정) 강사로 출강.
- 1987. '국민 일보' 순복음 신학 대학 이사로 피선.
- 1988. 성신 여대 인문 대학장·로고스 교수 선교회 회장 피선. 신앙 시선집 '내 신앙 저쪽에는'(청문사) 출간.
- 1989. 종로 서적에서 선정 출판하는 신앙 시집 '하늘가는 길' 출간.

- 1990. 한세 대학 출강. 성신 학원 30년 장기 근속상을 받은 후 문교부 해외 파견 교수 계획에 의해 1년간 일본 히로시마 대학(廣島大學) 객원 교수.
- 1992. 성신 여자 대학교 인문 과학 연구 소장 역임. 회갑 기념으로 제6시집 '강원도 바람'(문학 세계) 출간.
- 1993. 한영옥 교수와 함께 '현대 문장 작법'(공저. 성신 여대 출판부) 출간. 이해 여름 문교부 계획 대학 교수 해외 연수 계획으로 중국 교육계 시찰함. 제2수필집 '구름 속에 떠오르는 영상'(형설 출판사) 출간.
- 1995. 성신 여자 대학교 정보 산업 대학 원장 겸 교육 대학 원장 역임.
- 1996. 제7시집 '東海岸'(형설 출판사) 출간.
- 1997. 중국 연변에서 개최한 제3회 국제 문학 심포지엄에 한국 대표로 참석. 전년도 발간한 시집 '동해안'으로 제15회 한국 기독교 문학상 수상. 정년 퇴직을 앞두고 이때까지 출간한 총 시집 7권을 합해 '李姓敎詩全集'(형설 출판사)과 '한국 현대 시인 연구'(태학사) 출간.
- 1998. 2월 성신 여자 대학교에서 정년 퇴직. 이와 함께 교육 공로로 대한 민국 국민 훈장(목련장) 받음.
- 2001. 1월 제8시집 '운두령을 넘으며'를 태학사에서 출간. 한국 기독교 문인 협회장 (제27대) 역임. 제4회 한국 장로 문학상 받음. 제1회 한국 글사랑 문학상(대상) 받음.
- 2002. 2. 미당 시맥회 초대 회장 역임.
- 2004. 서울 성북구 문인 협회 제2대 회장이 되다. 회지 '북바위' 창간.
- 2005. 한국 문인 협회에서 주는 한국 문학상 받다.
- 2006. '기독 공보사' 주최 신춘 문예 현상 모집에서 심사를 맡은 인연으로 당선자들이 모인 동인회에서 고문으로 추대됨. 제3수필집 '동해 하얀 파도를 따라' 출간. 이해에 한국 기독 시인 협회 초대 회장이 되다.
- 2008. 제9시집 '싸리꽃 영가'(창조 문예사) 출간
- 2011. 미당 서정주 선생을 기리는 미당 시맥회에서 주는 미당 시맥상을 받다. 제10시집 '끝없는 해안선 그파도를 따라'(마을) 출간.
- 2012. '창조 문예'사에서 주는 제1회 '종려나무상'을 받다.
- 2014. 한국 기독 시문학 학술원에서 주는 제1회 '기독 시인상'을 받다.
- 2015. '인간과 문학사 기획 '빛나는 시 100인선' 선정 시선집 '동해안 연가' 출간.
- 2017. 시선집 '동해안 연가'로 '중앙대 문학상' 받음.
- 2018. 대한 민국 기독 예술 대상 받음.
- 2019. 米壽를 맞아 제11번째 시집 '迎日灣을 바라보며'('自由文學 출판부·도서 출판 天山) 출간.

李 姓 敎 ─ 약력

- 1932. 강원도 삼척 출생./ • 중앙 대학교 대학원 졸업(문학 박사).
- 1956. 9.~1957. 2. '現代文學' 3회 추천 완료(미당 서정주).
- '60년대 사화집'(이경남 박희진 성찬경 구자운 박성룡 박재삼 신기선 이성교 이창대 이희철 인태성 범대순 조영서 최원규 허소라 제씨.) 동인./ • 성신 여대 교수 역임(명예 교수).
- 한국 기독교 문인 협회 · 한국 기독 시인 협회 · 비낭 시맥회 회장 · 한국 문화 예술인 선교회 회장 역임.
- 시집 : '산음가' '겨울바다' '보리필 무렵' '눈온날 저녁' '남행길' '하늘가는 길'(신앙 시집) '강원도 바람' '동해안' '운두령을 넘으며' '싸리꽃 영가' '끝없는 해안선 그파도를 따라' '迎日灣을 바라보며'(2019. 米壽 기념. 도서 출판 天山)./ • 시선집 : '대관령을 넘으며' '동해안 연가' '내 신앙 저쪽에는'./ • 3인 신앙 시집 : '영혼은 잠들지않고'(황금찬 유안진과 함께).
- 시전집 : '李姓敎 詩全集'.
- 동시집 '우리 아버지집'(장수철 이성교 엄기원 홍선주 김상길 공저.).
- 수필집 : '영혼의 닻' '구름속에 떠오르는 영상' '동해 하얀 파도를 따라'./ • 3인 수필집 '지성의 눈'(구인환 尹在天과 함께)./ • 5인 수필집 '정겨운 대화들'(구인환 윤재천 윤종혁 최승범과 함께).
- 논저 : '한국 현대시 연구'(과학 정보사) · '한국 현대 시인 연구'(태학사) · '현대시의 모색'(시론집).
- 공저 : '신문장론'(구인환 윤재천과 함께) · '문학 개론'(한영환과 함께) · '현대 문장 작법'(한영옥과 함께).
- 수상 : 현대 문학상 · 월탄 문학상 · 한국 기독교 문학상 · 대한 민국 기독 예술 대상 · 한국 문학상(文協 제정) 다수.
- 주소 : 11703. 경기도 의정부시 화룡로 137번길 30(회룡 현대@). 102-1609(010-7301-7297).

天山 詩選 124

4352('19). 3. 11. 박음
4352('19). 3. 15. 펴냄

이 성 교 米壽 기념 시집

迎日灣을 바라보며

지은이 李 姓 敎
펴낸이 申 世 薰
잡은이 신 새 별
판본이 辛 宙 源
판든이 신 새 해
판든이 金 勝 赫
펴낸곳 도서 출판 天 山

04623. 서울시 중구 서애로 27(필동 3가 28-1). 서울 캐피털빌딩 302호. '自由文學' 출판부.
등록 1991.10.31. 제1-1269호
전자 우편 : freelit@hanmail.net
☎02-745-0405 ⒻF02-764-8905

ISBN 978-89-85747-84-4 03810

*잘못된 책은 바꿔드립니다.

값20,000원